INVENTAIRE
Ye 19379

ÉPITRE
Amoureuse
D'HÉLOÏSE A ABEILARD,

PAR

LÉOPOLD CUREZ.

LYON,
IMPRIMERIE DE GABRIEL ROSSARY,
RUE ST-DOMINIQUE, N° 1.
1833.

Y

ÉPITRE

Amoureuse

D'HÉLOISE A ABEILARD,

D'APRÈS LES LETTRES ORIGINALES,

PAR

LÉOPOLD CUREZ,

DE VERDUN-SUR-MEUSE,

EX-SOUS-OFFICIER D'INFANTERIE.

LYON.

CHEZ LES PRINCIPAUX LIBRAIRES.

1833.

Ye

19379

Epître

AMOUREUSE

d'Héloïse à Abeilard.

LYON. — IMPR. DE G. ROSSARY,
Rue St-Dominique, nº 1.

PRÉFACE.

Une Préface est, à mon avis, un objet aussi fastidieux à lire qu'à écrire. Je donnerai donc à la mienne toute la briéveté et toute la concision qu'il me sera possible ; d'abord, pour être conséquent avec moi-même ; ensuite, pour ne pas ennuyer mes lecteurs.

Je déclare n'avoir jamais eu, en publiant cette lettre, la vaine prétention, le téméraire orgueil de vouloir lutter contre Colardeau, dont le chef-d'œuvre immortel parviendra à la postérité la plus reculée (1) : et je ne me dissimule pas combien je suis

(1) Son Epître d'Héloise à Abeilard. — Ce fut sa première production et cette lettre charmante est restée son chef-d'œuvre.

resté en arrière du grand maître qui tira un si brillant parti de l'excellente Epître du célèbre Pope, dans l'imitation de laquelle Mercier et Feutry ont également fait preuve d'un talent supérieur.

Je n'ai, en un mot, consulté dans le choix de ce sujet, que la sensibilité de mon cœur, avec lequel il sympathise parfaitement ; et, dans cette circonstance, je n'ambitionne pour toute gloire, qu'un sourire échappé des lèvres de la beauté : pour toute récompense, qu'une de ses larmes.

On trouvera dans mon imitation, comme dans toutes celles de ce genre, quelques répétitions et quelques longueurs ; je n'ai pas cru devoir les proscrire, puisqu'elles existent dans l'original même. D'ailleurs, en pareil cas, le cœur doit toujours parler beaucoup plus que l'esprit, qui n'est qu'un objet bien secondaire en fait d'amour ; et peut-on, je le demande, se répéter assez que l'on s'adore, quand on brûle d'un feu semblable à celui d'Héloïse et d'Abeilard ?

Toutefois, les lettres originales latines de ces illustres époux (édition de 1616, la plus parfaite que nous ayons), ont été soigneusement feuilletées par moi, et je me suis attaché de préférence aux passages rapidement esquissés par les célèbres littérateurs qui ont traité cet intéressant sujet. Au reste, les personnes qui voudront bien me lire, en jugeront par elles-mêmes, et je me soumets d'avance avec une entière résignation aux arrêts irrévocables du Public.

Et toi, que la mort impitoyable frappa à la fleur de tes jours, sans te laisser jouir de ton triomphe (1), ô Colardeau! pardonne à ma témérité.... Pardonne! puisqu'elle devrait ajouter à ta gloire, si ton nom n'était déjà immortel.

Reçois avec bonté mon épître : j'en fais hommage à tes mânes, et te supplie de la regarder comme un tribut d'admiration que l'on dépose toujours avec un plaisir mêlé d'orgueil sur la tombe d'un grand homme.

Adieu, Poète aussi aimable que spirituel! adieu, favori bien aimé des Muses, que la Parque avare enleva si prématurément à leur tendresse!... Je quitte le port : le vent souffle dans mes voiles.... je m'élance, sur un frêle esquif, au milieu d'une mer orageuse, et je ne doute point de mon naufrage; mais, Colardeau, ma disgrâce me sera moins amère, puisque je dois échouer contre ton cercueil!

(1) Nommé membre de l'Académie, le 7 Mars 1776, Colardeau expira le 7 Avril de la même année, arraché, pour ainsi dire, à sa gloire, au moment où il travaillait encore à son discours de réception.

HÉLOÏSE

A

Abeilard.

Dans cet asile sombre où les yeux étonnés (1)
Vers la voûte du ciel sont constamment tournés;
Dans ce séjour de paix, de grâce et d'innocence,
Retraite pure et sainte où règne un long silence;
Où, détrompé du monde et de ses vains attraits,
Le cœur soupire encor, mais ne se plaint jamais:
Quels mouvements soudains, quels nouveaux traits de flamme
Font tressaillir mon être, et combattent mon ame!

Quels feux séditieux reviennent en ce jour,
Alors qu'il s'éteignait, rallumer mon amour !
Quand je cherche à la fuir, quelle ardeur téméraire
Vient jusqu'aux pieds du Christ me déclarer la guerre!..

Eh ! pourquoi dans ces lieux où meurent les plaisirs,
Où le cœur isolé n'a plus que des desirs !
De mes feux ranimés l'impétueuse ivresse
Ose-t-elle à mes sens révéler leur faiblesse ?

Quoi ! l'immortalité, l'oubli de l'univers,
Ne l'emporteront pas sur l'auteur de mes fers !
Abeilard, mon vainqueur, le serait-il encore ?...
Abeilard est mon Dieu... C'est lui seul que j'adore!...

Cher amant, cette lettre où tu viens de m'offrir
Un bonheur qui n'est plus... que dans mon souvenir:
Où, pour charmer l'horreur d'une cruelle absence,
Je cherche sans espoir un rayon d'espérance,
Elle est auprès de moi ; je l'arrose de pleurs,
Et ton nom que j'y trouve, irrite mes douleurs.
O nom cher et fatal ! nom si doux et si tendre,
Que le jour, que la nuit je crois encore entendre,
Surtout quand vers les cieux s'élève un hymne saint,

Repose sur mon cœur, et viens brûler mon sein !
Mais ne voltige plus sur ces lèvres glacées
D'où s'échappaient jadis les plus douces pensées,
Lorsque, donnant l'essor à mon ame de feu,
J'oubliais pour toi seul l'univers et mon Dieu !
Arrête-toi, ma main !... Plume trop téméraire,
Ne trace point ce nom... Inutile prière !...
En traits de flamme, ô ciel ! j'ose le retracer !
Abeilard ! Abeilard !... Mes pleurs vont t'effacer !..

Sur le pavé du temple en vain ton Héloïse
Aux pieds de l'Eternel se prosterne soumise ;
En vain d'un Dieu jaloux tout proclame la loi,
Mon cœur, mon triste cœur est toujours plein de toi.
Qu'êtes-vous à ce prix, serments, prières, larmes ?..
Je veux l'écrire encor ce nom rempli de charmes...
Tu peux tonner, frapper, et tes foudres d'airain
M'écraseront, grand Dieu ! sans arrêter ma main !

O murs ! qui renfermez de pieuses victimes
Dont la vie en tout temps fut exempte de crimes,
Mais qui, pour prévenir le courroux éternel,
Ont voulu s'imposer un tourment temporel ;
Redoutable édifice, entouré de ruines,

Marbres inanimés, rocs hérissés d'épines;
Temple saint, dont l'écho retentit des soupirs
Qu'arrachent à l'amour d'impuissants souvenirs;
Autels où, devant Dieu tremblantes, prosternées,
Des vierges, qu'une erreur au cloître a condamnées,
Veillent incessamment, et demandent au Ciel
De hâter le moment d'un bonheur immortel;
Vous, images des Saints qui par la pénitence
De l'Ange malfaiteur ont vaincu la puissance :
Clocher, dôme, vitraux, impénétrable tour,
Que ne perça jamais l'éclat du plus beau jour:
Eh bien! votre aspect sombre, un silence pénible,
N'ont pu me rendre encor comme vous insensible!

C'est en vain que de Dieu j'implorerais l'appui;
Ma prière, Abeilard, ne fut jamais pour lui;
C'est en vain qu'il voudrait, t'arrachant ton amante,
Ressaisir dans tes bras Héloïse mourante;
Inutiles efforts!... Mes prières, mes pleurs, (2)
Mes jeûnes rigoureux, mes austères douleurs,
Rien ne peut affaiblir le feu qui me dévore...
J'invoquerais le Ciel, et c'est toi que j'adore!...
Quand tu planes sur moi, dans les bras des amours,
Fantôme bien-aimé, pourquoi fuis-tu toujours?...

Viens-tu pour me ravir ces tendres caractères
Qu'effaceront bientôt mes larmes solitaires ?
Ecoute les accents de ma vive douleur...
Tes tourments, n'est-ce pas, n'ont point changé ton cœur ?...
Ah! laisse-moi du moins, pour tromper l'esclavage,
De nos premiers transports ce muet témoignage,
Où ta plume fidèle, hélas! m'a retracé
Un bonheur si profond et sitôt éclipsé !..
Souvent tu m'y dépeins brillante de jeunesse,
Avec ce doux souris que le plaisir nous laisse ;
Plus souvent, Abeilard, d'une tremblante main
Sur mon front obscurci tu graves le chagrin ;
Tantôt, c'est une fleur où Zéphyre se pose :
Mais cette fleur subit le destin de la rose !...
Tantôt, c'est un Amour des Grâces caressé!.......
Ce n'est plus aujourd'hui qu'un cadavre glacé !...
Et moi, je m'abandonne à mon inquiétude :
Je gémis, je me perds dans cette solitude
Où ma couche insensible et presque sans sommeil,
Ne te possède plus à l'instant du réveil,
Où la religion, qui me retient captive,
Eteindra pour jamais la flamme la plus vive,
Où je dois désormais accoutumer mes yeux
A ne voir que la terre, un autel ou les cieux!...

Hélas ! c'est dans ces murs que l'amour et la gloire
A l'Eternel jaloux céderont la victoire !.....

Ecris-moi, cependant, Abeilard... je le veux ; (3)
S'ils ne sont pas éteints, retrace-moi tes feux,
Et redis les moments où ta bouche charmante
Gravait la volupté sur ma bouche brûlante !
Rappelle, ô mon ami ! nos fugitifs plaisirs :
A tes accents plaintifs répondront mes soupirs ;
J'ai besoin de pleurer.... par la cruelle envie
Cette ressource au moins ne peut m'être ravie.
Mes larmes, Abeilard, mes larmes sont à moi :
Oui, je puis les verser, et les verser pour toi ;
J'en répandrai plaintive au lever de l'Aurore :
Au coucher du soleil j'en veux répandre encore ;
Mes yeux, mes tristes yeux, miroir de la douleur,
Ont appris dès long-temps à peindre le malheur :
Et, bien que d'un tel sort la rigueur soit cruelle,
Lire et pleurer... voilà leur étude éternelle !
Adieu, doux avenir ! adieu, plaisirs, beaux jours !
Peut-on croire au bonheur, quand on gémit toujours ?

Avec moi, cher amant, partage au moins tes peines,
Et j'en adoucirai les rigueurs inhumaines ;

Héloïse t'en prie.... Hélas ! fais plus encor,
Et rejette sur moi tout l'ennui de ton sort;
Alors, dans mes tourments je trouverai des charmes,
En pensant qu'Abeilard est l'auteur de mes larmes!..

C'est pour nous, mon ami, c'est pour les malheureux
Que des lettres le Ciel fit l'art ingénieux;
La première partit d'une lointaine rive
De l'amant exilé pour l'amante captive,
Et des traits pleins d'amour, sur le papier tracés,
Par l'amante à l'amant volèrent adressés.
C'est par-là que de loin le cœur peut faire entendre
Ce qu'amour eut jamais de plus vif, de plus tendre;
Une épître amoureuse est un foyer charmant
Dont le feu créateur nourrit le sentiment;
Les desirs d'une vierge à peine adolescente
Y percent sans rougir sous les doigts de l'amante:
L'ame brulante aux yeux de l'objet bien-aimé
S'y montre dans son jour comme un astre enflammé;
C'est un doux talisman qui sait tromper l'absence
Et qui des lieux encore abrège la distance;
C'est un jeune Zéphir qui sur l'aîle des vents
Porte des vœux d'espoir à de tendres amants:
Et, franchissant les mers, plus prompt que la parole,

C'est un muet soupir qui court de l'Inde au Pôle.

Tu sais, mon Abeilard, avec quelle candeur (4)
J'allai d'abord moi-même au-devant de ton cœur.
Je te vis, je t'aimai, je fus sans défiance,
Et je t'abandonnai ma timide innocence.
Sous le nom d'amitié tu m'offris ton amour :
Tu partageas bientôt mes jeux et mon séjour ;
Mes pensers te prêtaient une forme céleste,
Et tes yeux et ton cœur, hélas ! ont fait le reste !..
Pour te faire adorer qu'il fallut peu d'efforts !
Je t'admirai sans crainte, et t'aimai sans remords.

Alors que du Seigneur tu chantais les louanges,
Je croyais assister aux doux concerts des anges ;
Les cieux me semblaient même attentifs à ta voix :
De mon amant peut-être ils attendaient des lois !..

Oh! qu'à mes sens charmés ces leçons immortelles,
En passant par ta bouche, apparaissaient plus belles!
Pouvais-je résister au poison séducteur (5)
Qui troublait ma raison et chatouillait mon cœur,
Qui rendait à mes yeux ma flamme légitime,
Puisque tu m'enseignais qu'aimer n'est pas un crime?

Bientôt l'illusion s'éloigna.... je rêvai
Un bonheur plus réel, plus vif, plus achevé,
Et, ma tendresse alors abjurant le fantôme,
L'Ange en toi disparut.. je n'y cherchais qu'un homme!!!
Avec toi sur des fleurs je m'enivrais d'amour,
Sans regret pour ce ciel qui fuyait sans retour!...
Où sont, cher Abeilard, ces beaux jours sans nuage?
Où sont ces douces nuits que respectait l'orage,
Ces nuits où, tant de fois ranimant nos desirs,
Nous forcions le sommeil de céder aux plaisirs?
Eh bien! le même feu me brûle, me dévore....
Ah! viens, accours l'éteindre, et l'allumer encore!..
Viens; ni ces sombres murs, ni leur secrète horreur,
Ni l'image du Christ, rien n'a glacé mon cœur!..

Quand le maître orgueilleux qui commande à la terre,
Viendrait à mes genoux courber sa tête altière;
Lors même qu'entouré de toute la splendeur
Qui d'un front couronné rehausse la grandeur,
Il m'offrirait son trône avec son diadême,
Et sa magnificence et sa pompe suprême:
Je le refuserais, fût-il plus que César,
Et je ne voudrais pas d'autre amant qu'Abeilard!
Unique et cher objet de ma vive tendresse,

BIBLIOTHÈQUE ROYALE I

Je n'attache de prix qu'au nom de ta maîtresse ;
Seul il m'énorgueillit, me charme tour-à-tour ;
S'il en est un pourtant qui peigne mieux l'amour,
S'il en est un plus doux, que ton cœur le préfère,
Je veux, ô mon ami, le prendre pour te plaire.

Ah! quand de la nature on écoute la loi,
Quel bonheur de s'aimer, et de s'aimer pour soi,
Sans être dévoré de la crainte importune
De céder au caprice, aux flots de la fortune!..
Qu'un tel couple, Abeilard, est fait pour être heureux!
Il goûte des plaisirs inconnus même aux cieux ;
Dans un torrent d'amour il s'élance et se noie ;
Il expire et renaît dans un torrent de joie!..
Hélas! il fut un temps où ce bonheur si pur
Venait s'offrir à nous sous des voûtes d'azur...
Mais déjà nos beaux jours, flétris par les orages,
Roulent inaperçus dans le torrent des âges,
Et tremblante, à travers le prisme du passé,
Je ne vois que la nuit où ton sang fut versé.... (6)
Nuit cruelle et terrible, à mon amant fatale,
Quel flambeau t'a prêté sa lueur infernale?...
O Dieu! quelles horreurs, quel affreux souvenir,
Reviennent m'accabler, quand je veux les bannir!

Que vois-je ? mon époux lié, chargé de chaînes,
Affaibli par le sang qui jaillit de ses veines !
Et le Ciel a souffert de pareils attentats !...
Pourquoi, cher Abeilard, ne m'appelais-tu pas ?...
A ces monstres du moins mes efforts et mes larmes
Auraient fait déposer leurs criminelles armes ;
Cessez, tigres, cessez !... épargnez mon époux...
C'est à moi, rien qu'à moi de ressentir vos coups !...

O douleur ! ô supplice outrageant et funeste !
Je me tais... ma rougeur fait deviner le reste....
Quel spectacle !.. Abeilard !.. est-ce lui que je voi ?..
Ce monstrueux supplice, il le subit pour moi !...
Hélas ! c'en est donc fait ! et l'ordre d'un barbare
Toujours *homme*, à jamais de l'*homme* le sépare !..

Rappelle-toi ce jour terrible et solennel, (7)
Où, me traînant mourante aux marches de l'autel,
Je prononçais sans toi, volontaire victime, (8)
Des vœux dont mon amour m'a toujours fait un crime.
Quand je disais au monde un éternel adieu,
Quand j'aspirais au Ciel, toi seul étais mon Dieu !
A cet instant fatal les tombeaux s'entr'ouvrirent,
L'autel trembla trois fois, et les lampes pâlirent !..

(Il doit t'en souvenir), dans ces moments affreux
Que de pleurs, Abeilard, coulèrent de mes yeux!
Tu présentais le voile à mes lèvres tremblantes,
Et le voile tomba de mes mains défaillantes;
Le Ciel en murmura... pouvait-il croire, hélas!
A des vœux que pour toi je ne prononçais pas!
Ah! lorsque je touchais le pied du sanctuaire,
Un pouvoir inconnu m'attachait à la terre;
On me montrait la croix: mais mon dernier regard
N'était pas pour la croix.... c'était pour Abeilard!...
Mon ame, en te perdant, se perdait tout entière,
Et dans l'air ébranlé j'entendais le tonnerre!....

Viens donc, vole vers moi sur l'aile des amours!
Viens calmer mes douleurs par tes touchants discours;
Par tes regards charmants viens m'enivrer encore
De ce feu créateur qui brûle, et que j'adore!....
Viens! que ma tête encor dans un doux abandon
Repose sur ton sein, se penche sur ton front!
Je t'attends, Abeilard! viens embellir ma couche,
Et cueillir les baisers qui naîtront sur ma bouche!...
Que je boive à longs traits ce poison enchanteur
Que j'ai pris dans tes yeux, et puisé dans ton cœur!
Que je retrouve encor sur tes lèvres brûlantes

De ce poison chéri les flammes dévorantes...
Viens, d'une douce erreur abusant mes desirs,
Dans ma froide cellule inventer des plaisirs!...
Cherche, s'il est possible, à te tromper toi-même!...
Je l'attends, cet effort, de ta tendresse extrême...
Puisque l'on a tari la source de tes feux,
Presse-moi sur ton cœur... donne ce que tu peux...
Couvre de tes baisers Héloïse amoureuse!...
Hélas! je rêverai... que je suis plus heureuse!...

Mais non... disparaissez, ô pensers criminels!
Vous n'arracherez pas Héloïse aux autels!
Fuyez, songes riants de mon ame égarée,
Illusion d'amour par l'amour inspirée!
O cieux! restez pour moi constamment entr'ouverts!
Je cède... aidez-moi donc à quitter l'univers!...
Saints Anges, par vos chants de bonheur et de gloire
Remportez sur mon cœur une entière victoire!
Que sous vos doigts sacrés vibrent vos lyres d'or :
Dans les bras du Seigneur Héloïse s'endort :
Je vais, zéphyr céleste emporté sur vos ailes,
M'envoler radieuse aux voûtes éternelles,
Et chanter avec vous dans de pieux concerts
Le Dieu qui l'emporta sur le *Dieu* que je sers!...

Je veux plus... Abeilard, enseigne-moi toi-même
A te fuir, à savoir oublier ce que j'aime!
Parle-moi de ce Ciel que l'on nous fait si beau;
Je n'écoute que toi : toi seul es mon flambeau;
Retrace à mes regards ces brillantes colonnes
D'où les Anges pour moi détachent des couronnes;
Montre-moi dans les airs de lumière embrâsés
Ces diadêmes purs sur mon front balancés!
Dépeins-moi tel qu'il est, dans sa grandeur immense,
Ce Dieu dont j'implorai tant de fois la clémence,
Ce Dieu qui sur sa main balance l'univers,
Et marche étincelant sur un pavé d'éclairs!

Peut-être, en cet instant, de sa gloire ravie,
J'oublîrai le lien qui m'attache à la vie.

Mais, hélas! si sur toi je n'ai plus de pouvoir,
Ton troupeau qui t'attend, ne veux-tu pas le voir?
Pasteur de ces enfants formés dans la prière,
Ne te souvient-il plus qu'Abeilard est leur père?
Viens... qu'il leur soit permis d'entendre encor ta voix;
Tout réclame en ces lieux tes bienfaisantes lois,
Et, pleines de ferveur, mes compagnes fidèles,
Implorent du Très-Haut ton retour auprès d'elles.

Au printemps de leurs jours, pour n'y rentrer jamais,
Ces vierges ont quitté le monde et ses attraits;
Loin du toit paternel, loin d'une tendre mère,
S'arrachant aux plaisirs, aux pompes de la terre,
Ignorant le pouvoir, les charmes de l'amour,
Elles fuyaient, hélas! un aimable séjour,
Lorsque tu leur donnas cette retraite pure
Qui doit à tes travaux sa pieuse structure.

Là, l'orphelin en pleurs ne voit point les autels
Enrichis aux dépens des trésors paternels;
Par des présents ravis à la veuve éplorée
Cette sainte maison ne fut jamais parée;
L'œil n'y remarque point ces lourdes masses d'or
Que donnent des pécheurs à l'heure de la mort,
Ni ces riches tableaux, ni ces vaines images
Qui du temps, comme nous, subissent les ravages,
Infructueux tribut d'un aveugle desir
De regagner un ciel perdu pour l'obtenir!..
Séjour simple, il ne doit l'éclat qui le décore
Qu'à l'humble piété qui l'habite et l'honore.
Autrefois ta présence embellit ce désert,
Et par toi dans ces murs l'Eden nous fut ouvert;
Tout nous charmait alors : à tes leçons dociles,

Nous passions, Abeilard, des jours purs et tranquilles ;
Tes regards dissipaient ces épaisses vapeurs
Qui de notre printemps ont obscurci les fleurs :
Et, de ses rayons d'or éblouissant la terre,
Sur son char de triomphe entouré de lumière,
Le soleil, moins que toi, répandait sur nos tours
Cet éclat radieux qu'il lance aux plus beaux jours.

Mais depuis qu'éloigné de ce paisible asile
Où l'amour te rappelle et d'où l'amour t'exile,
Vers des climats lointains tu dirigeas tes pas,
Oh! rien n'embellit plus ces lieux où tu n'es pas ;
Pour nous le Paraclet a perdu tous ses charmes,
Et nous n'avons que toi pour essuyer nos larmes!
Viens, vole, ô mon ami, mon frère, mon époux!..
Ah! ne résiste plus à des noms aussi doux!...
Ne me refuse pas ta pitié que j'implore!...
Tu peux seul apaiser l'ennui qui me dévore :
Et mes pensers flétris par de longues douleurs,
Tu peux seul, Abeilard, les entourer de fleurs!

La méditation, félicité suprême,
Où j'oubliais mes maux, mon amour... et toi-même,
Ne fixe plus, hélas! mes inquiets desirs,

Et la nature en vain m'offre d'autres plaisirs.
Ces pins majestueux, plantés dans un abîme,
Qui balancent dans l'air leur orgueilleuse cime;
Effroi du voyageur, ces rochers sourcilleux
Qui semblent défier et menacer les cieux;
Ces ruisseaux serpentants qui coulent des montagnes,
Et ces limpides eaux qui baignent les campagnes :
Ces arbres, ces vallons, les échos d'alentour
Dont la muette voix ne parle plus d'amour;
Ces lacs, dont l'aquilon fait rider la surface,
Ces ruines d'un siècle, et que le temps efface:
Ces sublimes horreurs, ces sépulcres vieillis
Où de pieux mortels dorment ensevelis;
Ces bois silencieux, ce feuillage propice
Qui protégeait nos feux de son ombre complice;
Ces fontaines d'azur où les ris et les jeux
Sur un cristal mouvant folâtraient sous nos yeux :
Où, couronnés de fleurs nouvellement écloses,
Les zéphyrs badinaient sur un tapis de roses;
Ces autels de gazon où la main du sommeil
Dans une coupe d'or nous versait le réveil :
Ni les hôtes des bois, ni leur tendre ramage;
Ni Philomèle en pleurs murmurant son veuvage;
Ni Progné qui revient, annonçant les beaux jours,

Ramener de l'exil la saison des amours :
Ni ces jardins fleuris où la rose naissante
De son parfum suave enivrait ton amante ;
Ni ces sombres détours où j'errais avec toi :
Ni tant de souvenirs, jadis si doux pour moi,
Rien ne peut m'arracher à mon inquiétude ;
L'univers d'Héloïse est dans ta solitude !

Un ténébreux silence, avant-coureur de mort,
Déjà dans l'avenir m'a dévoilé mon sort ;
Tout s'est évanoui, les fleurs et la verdure,
Et Zéphyre a cessé d'animer la nature ;
De ce ruisseau paisible, accru comme un torrent,
L'onde du haut des monts écumante en grondant
Tombe... et, déracinant les siècles des vieux chênes,
Inonde les vallons, et couvre au loin les plaines !..
Ces grottes, ces forêts, ces rochers, ces coteaux
N'offrent plus à mes yeux que d'effrayants tableaux,
Et leur funèbre aspect n'a plus rien qui séduise
Le cœur anéanti de la triste Héloïse !

Et je dois pour toujours demeurer dans ces lieux,
Sépulcre des plaisirs, où s'éteindront mes feux !
C'est ici, cher amant, ici que ta maîtresse

Doit laisser son amour, ses soupirs, sa faiblesse ;
C'est ici que la mort éteindra mon ardeur,
Et que sa froide main viendra glacer mon cœur ;
Là, dormira ma cendre... Ah! puisse un jour la tienne
M'y réchauffer encore, et s'unir à la mienne!

Qu'ai-je dit? qu'ai-je fait?... dans ce pieux séjour
On me croit toute à Dieu... je suis toute à l'amour!
Hélas! d'un homme encore Héloïse est l'esclave!...
Seigneur! retiens ton bras... je t'outrage et te brave..
Mais si dans ta bonté tu crois au repentir,
Si tu sais pardonner, daigne me secourir!
J'abjure mes erreurs au banquet de la Grâce,
Et j'attends mon pardon dans une sainte extase!

Eh quoi! dans ce lieu même, et devant les autels,
J'ose nourrir m'a flamme et mes feux criminels!
Que mes remords sont vains, et que ma repentance
Est loin de m'attirer la divine clémence!
Je condamne l'amour et ses douces fureurs,
Et rien ne me plaît tant qu'amour et ses erreurs!
Au coucher du soleil, au lever de l'aurore,
Et le jour et la nuit, je brûle et j'aime encore;
Au plus doux des penchants je n'ai fait qu'obéir,

Et l'amour se confond avec le repentir.

Qu'ai-je entrepris ! grand Dieu, crois-tu par ta puissance
Crois-tu par ta rigueur vaincre un jour ma constance?
Jamais, jamais !... mon cœur est toujours pénétré
De ce feu créateur pour des amants sacré,
Et les fers et les vœux, le cilice et la cendre,
Ne pourront l'arracher à l'ardeur la plus tendre.
Quels combats mon devoir et la Religion
Doivent-ils me livrer encor dans ma prison?
Mon ame, à quelle épreuve es-tu donc destinée?
A quels maux, Abeilard, suis-je enfin condamnée?
Combien de fois encor faut-il me repentir,
Me repaître d'espoir, m'abuser et gémir,
Faire tout, si ce n'est d'oublier que je t'aime,
Et que je te préfère au Ciel, à mon Dieu même?...
Mais non... je ne crains plus ta fougue et tes transports ;
Je veux enfin céder à la voix du remords ;
Accours donc m'enseigner à dompter la nature,
A soumettre mon ame assez long-temps parjure,
A renoncer à tout, à l'univers, à moi,
A la vie, à l'amour, au bonheur, même à toi...
Remplis mon cœur de Dieu ; lui seul de ma pensée
Peut bannir, Abeilard, ton image effacée.

Qu'ai-je dit? Va, ce Dieu, malgré tous ses attraits,
Jamais de mon esprit n'éloignera tes traits!...

O fortunés moments, délectables journées,
Où la main des amours filait nos destinées :
Rêves de mon bonheur, soleil de mes beaux jours,
Quand vous vous éclipsiez, c'était donc pour toujours!
Jouissance rapide, illusion trompeuse,
Des sens anéantis ivresse impérieuse,
Quand vous nous enleviez dans un monde idéal,
De ma défaite alors tout pressait le signal;
Pour exciter nos feux, la nature charmée
D'un éclat plus riant paraissait animée;
Le jour brillait plus pur, Abeilard, et les fleurs
Exhalaient dans les airs de plus vives odeurs;
Les oiseaux d'alentour dans leur touchant ramage
Modulaient les soupirs qui partaient du bocage,
Et le cri du délire à l'amour échappé,
L'écho le redisait d'étonnement frappé.
Le Ciel à nos transports sembla même sourire...
Il sentit que sur nous il n'avait plus d'empire!...
Eh bien! souvent encor, dans l'horreur de la nuit,
Quand tout dort près de moi, quand le sommeil me fuit,
J'aime à me rappeler mes combats, ta victoire,

Et je bénis l'instant qui t'immola ma gloire...
Je t'entends! je te vois!... trop séduisante erreur,
Oh! du moins jusqu'au jour prolonge mon bonheur!
Douces illusions, voluptueuse image,
Revenez, revenez embellir mon veuvage!
Venez, songes d'azur, retracer à mes yeux
De mon cher Abeilard l'aspect délicieux!
Offrez-le moi surtout dans cette crise ardente
Où sa bouche aspirait celle de son amante;
Où ses bras convulsifs de leur brûlant contour
Me serraient sur son cœur palpitante d'amour!...
Grand Dieu! dans ces moments de volupté suprême,
Pressé de l'être aimé, pressant l'être qu'on aime,
Quand on ne trouve plus rien qui forme un desir,
Ah! qu'il est dangereux d'expirer... de plaisir!..

Grâce, Dieu de clémence!... Abeilard, que ta vue
A mes yeux éplorés ne soit plus défendue!
Quoi! de l'amour encor tu redoutes la loi?
Son flambeau, cher amant, ne brûle plus pour toi.
Ton sang séditieux ne gonfle plus tes veines :
Et ton état, semblable aux plus douces fontaines,
Nous offre le repos d'un bienheureux mortel,
Pécheur prédestiné, qu'a pardonné le Ciel.

Ta vie est calme, pure, et ton ame tranquille
Au joug des passions cesse d'être docile;
Te voilà tel enfin, Abeilard, que les flots
Mollement suspendus sur la plaine des eaux,
Avant que, s'élançant de ses grottes profondes,
L'aquilon furieux osât troubler les ondes.
Que ne m'est-il donné de partager ton sort!..
Je dormirais du moins, quand mon Abeilard dort!..
Accours, mon bien-aimé!.. que peux-tu craindre encore?
Malgré ton infortune Héloïse t'adore!
De tes lâches bourreaux la criminelle main
N'a pas détruit l'ardeur qui dévorait mon sein...
Source de mes tourments, flamme désespérée,
Tromperas-tu toujours une amante égarée,
Pareille à ces flambeaux, insensibles décors,
Qui, sans les réchauffer, brûlent auprès des morts?..
Que faire cependant?.. en quels lieux prosternée,
Fuirai-je ton image à me suivre obstinée?..
Soit que sur les tombeaux je répande des pleurs,
Soit qu'au pied des autels j'épanche mes douleurs,
De touchants souvenirs me rappellent sans cesse
Ces jours de volupté que chérit ma faiblesse.
Tes traits sont toujours là qui fascinent mes yeux;
Je te vois, Abeilard, et je renonce aux Cieux!..

Lorsque l'encens dans l'air forme un léger nuage,
Sa mouvante vapeur dessine ton image,
Et quand pour l'Eternel l'orgue aux sons ravissants
Module un doux concert, c'est ta voix que j'entends!..
Bientôt d'autres pensers détruisent cette pompe,
Et ce grand appareil perd l'éclat qui me trompe :
Prêtres, cierges, autels, tout disparaît pour moi,
Et mon cœur est tout prêt à revoler vers toi!
Alors, du haut des Cieux où, brillant de lumière,
Tu parais, Abeilard, commander à la terre,
Tu me parles... soudain, brûlante de plaisir,
Je tends, fatal espoir! les bras pour te saisir;
Aussi prompt que l'éclair, un nuage barbare
S'abaisse, s'épaissit, nous couvre, nous sépare...
L'air enflammé vomit des spectres menaçants,
Et des monstres affreux s'échappent de ses flancs;
Les vents impétueux se déchaînent sur l'onde!..
La mer mugit, bouillonne, et le tonnerre gronde!..
Et moi, que ce tableau pénètre de terreur,
Je sors de mon extase avec un cri d'horreur!

Cependant, quelle gloire apparaît à ma vue?
Qui vient de préparer cette pompe inconnue?
L'autel resplendissant se couronne de feux,

Et les Anges tremblants qui descendent des cieux,
Inclinent devant Dieu leurs têtes immortelles,
Oublieux de l'éclat des grandeurs éternelles!
Eh bien! seule insensible à ce mystère saint,
Je sens un feu plus vif renaître dans mon sein!..

O vous, dont le fardeau vient irriter mes peines,
Brisez-vous en éclats, tombez, mystiques chaînes!
Profonde éternité, que je ne comprends pas,
Disparais!.. je renonce à tes muets appas!..
Perfide, que dis-tu? quel horrible blasphème
Sur ta tête coupable appelle l'anathème!..
Frémis!.. un Dieu puissant, dans sa juste fureur,
Ne tonne pas deux fois sans punir le pécheur!
Quel funeste réveil! quelle nuit! quel abîme!..
Seigneur, à ton courroux immole ta victime!
Je ne me plaindrai pas de cet arrêt fatal...
Je n'ai donc plus d'asile au sacré tribunal!

Mais alors qu'au Seigneur j'adresse ma prière:
Quand la Grâce à mes yeux fait briller sa lumière;
Quand ce Ciel que j'implore, et qui s'ouvre pour moi,
Est près, mon Abeilard, de l'emporter sur toi;
Quand ce Dieu tout-puissant qui vers lui me rappelle,

M'offre tous les trésors de sa gloire immortelle :
Viens auprès d'Héloïse avec tes traits charmants,
Et tes feux les plus vifs, et tes plus doux serments!
Dispute à l'Eternel sa nouvelle conquête ;
Brise le voile saint qui pèse sur ma tête ;
Viens avec tes regards cent fois plus séducteurs
Effacer à mes yeux les célestes douceurs,
De la route des cieux écarter Héloïse,
Et l'arracher au Dieu qui la croyait soumise!..

Que dis-je, malheureuse?.. Ah! fuis-moi pour toujours!.
Fuis!.. dénouons enfin de stériles amours!..
Fuis!.. ne reviens jamais! qu'une immense barrière
Nous impose à tous deux les deux bouts de la terre!
Ne m'écris même plus... ne pense plus à moi...
Sois libre des tourments que je ressens pour toi...
Je te rends tes soupirs, tes serments, ta tendresse,
Et je veux oublier que je fus ta maîtresse;
Je bannis d'Abeilard jusques au souvenir :
Et toi... si tu le peux... tâche de me haïr!...

Beaux yeux, vous dont l'éclat vient m'éblouir encore,
Miroir de volupté dont le feu me dévore;
Bouche aimable et riante où naissait le desir :

Front pur et radieux, étoile du plaisir;
Baisers toujours plus vifs... soyeuse chevelure
Dont ma main caressait si souvent la parure :
Emotions du cœur, tendres frémissements,
Délire prolongé... si doux pour des amants!..
Soupirs délicieux, enivrantes pensées,
Impétueux foyer de nos ardeurs passées :
Eh bien! je vous proscris, rêves de mes beaux jours,
Et je vous dis adieu, mais adieu pour toujours!..

Et toi, Grâce du Ciel, vertu sainte et profonde,
Paisible oubli des soins où s'égare le monde :
Toi, don consolateur, espoir religieux,
Tutélaire soutien des mortels malheureux,
Toi, qui du vrai bonheur prodiguant les délices,
De l'immortalité nous offres les prémices :
Vous tous, divins esprits, pénétrez dans mon cœur,
Et que chacun de vous y commande en vainqueur!

Mais, qu'entends-je? est-ce l'onde, ou le vent qui murmure?..
Est-ce Dieu qui descend effrayer la nature?
Cette funèbre voix qui vient de retentir,
Ah! sans doute elle doit m'enseigner à mourir!

Je crois l'entendre encore... aux autels prosternée.
Je veillais une nuit de morts environnée,
Et je voyais pâlir ces lugubres flambeaux,
Qui, froids, muets comme eux, éclairent les tombeaux;
Bientôt tout s'éteignit... une voix sépulcrale
Soudain se fit entendre à cette heure fatale;
« Viens, dit-elle, ô ma sœur, et renonce aux beaux jours
« Viens, ta place est ici; viens, suis-moi pour toujours!...
« L'amour, ainsi que toi, m'enivra de ses charmes:
« Comme toi, je priais et répandais des larmes:
« Je gémissais le jour, la nuit, à mon réveil...
« Le repos m'attendait dans l'éternel sommeil!
« Ici, chère victime, ici finit le monde;
« Il se dissout, s'éteint dans une nuit profonde:
« Ici, les malheureux reposent sans douleurs,
« Et les amants enfin n'y versent plus de pleurs;
« Ici, loin d'allumer contre nous ses vengeances,
« Dieu dépose sa foudre, et pardonne aux offenses. »

Je viens, je viens, ma sœur... je me rends à ta voix;
Je laisse ici ma flamme, et l'amour et ses lois;
Bienheureux séraphins, légions immortelles,
J'accours... préparez-moi vos palmes éternelles!...
O Dieu! si j'ose encore implorer ta bonté,

Daigne presser l'instant de ma félicité!

Et toi, mon Abeilard, de ta fidèle amante
Viens fermer pour jamais la paupière mourante!..
Par ton aspect chéri viens du moins adoucir
Le terrible moment de mon dernier soupir!
Conjure en ma faveur l'Eternel en colère;
Tu peux seul, Abeilard, arrêter son tonnerre!..

Adieu!.. rappelle-toi quelquefois nos beaux jours;
Ils te retraceront l'objet de tes amours:
Et reçois, quand la mort me ravit la parole,
Sur mon dernier baiser mon ame qui s'envole!...

Que dis-je?... couvre-toi de tes habits sacrés,
Et présente la croix à mes yeux égarés;
Prends le cierge des morts, et que ta main tremblante
Bénisse saintement Héloïse expirante;
Vois de mon teint pâli les roses se flétrir:
Viens apprendre de moi comment on doit mourir!..
Prends ma main... presse-la jusqu'au moment suprême
Où mon cœur cesse, hélas! d'aimer Abeilard même!

Refuge des vertus, écueil des passions,

O mort ! que ton approche est fertile en leçons !...

C'est ainsi que tes traits, qui m'offraient tant de charmes,
Tes traits, source éternelle et de biens et de larmes ;
L'impitoyable faulx qui va trancher mes jours,
Viendra, mon bien-aimé, les flétrir pour toujours !..

Seigneur, à cet instant peu redouté du sage,
Suspends pour Abeilard l'horreur de ce passage !
Que les Anges du ciel, descendant jusqu'à lui,
Le portent vers ton trône et lui servent d'appui !..
Que de leurs saints concerts l'ineffable harmonie
Dans leurs bras immortels lui redonne la vie !
Que des rayons de gloire, embrâsant l'univers,
Plus vifs que le soleil, partent des cieux ouverts,
Et que les bienheureux, pour lui pleins de tendresse,
De mes plus doux baisers lui rappellent l'ivresse !..

Hélas ! si quelque jour le destin rigoureux
Frappait de tant de maux un poète amoureux ;
S'il devait ressentir des peines si cruelles,
Et verser, comme moi, des larmes éternelles :
S'il lui fallait toujours, en proie au désespoir,
Se retracer des traits qu'il ne doit plus revoir,

Rappeler constamment à son ame égarée
De celle qu'il aimait l'effigie adorée,
Redemander en vain aux échos d'alentour
De payer ses soupirs par des soupirs d'amour;
Pourvu qu'il ait aimé comme ton Héloïse,
Que d'écrire nos feux il forme l'entreprise;
Qu'il dise à l'univers nos combats, nos ardeurs:
Il doit les bien chanter, s'il sent bien nos malheurs!..

Pour toi, cher Abeilard, idole dont mon ame
Garde le souvenir écrit en traits de flamme;
Quand de tes jours fanés s'éteindra le flambeau,
Viens dormir près de moi dans le même tombeau,
Et puisse une épitaphe avec amour tracée,
Eterniser nos feux et notre renommée!...

Alors, si deux amants, dans les siècles futurs,
D'un pas religieux font retentir ces murs,
Nous entendrons le cri de leur ame surprise,
Ce cri simple et touchant: « ABEILARD! HÉLOISE! »
Et puis, lorsque du ciel un instant détournés,
A des pensers pieux ils seront ramenés,
Ils prîront à genoux dans la sainte chapelle
Où nous reposerons dans la paix éternelle,

Et, rapprochant leurs fronts, s'abreuveront des pleurs
Que leur fera verser l'excès de nos malheurs :
« Puissions-nous, diront-ils, les yeux baignés de larmes,
« Jamais dans nos amours n'éprouver tant d'alarmes,
« Et toi, Dieu, qui sur tous veilles du haut des cieux,
« Donne-leur un bonheur, pur, immortel comme eux!!!» (1)

(1) Dans cet asile sombre où les yeux étonnés...

Héloïse est dans sa cellule. Elle a sous les yeux une lettre qu'Abeilard avait adressée à l'un de ses amis, pour le consoler d'une perte considérable qu'il venait de faire : et dans laquelle, pour distraire cet ami de sa douleur, il lui traçait l'histoire de ses propres infortunes, lui dépeignait ses amours avec Héloïse, et manifestait le plus vif desir de la presser encore une fois sur son cœur, avant de rendre le dernier soupir.

Cette lettre tomba par hasard entre les mains de son amante alors Supérieure du Paraclet ; elle réveilla dans Héloïse le sentiment de toute sa tendresse pour celui qu'elle avait tant aimé, et sa flamme, mal assoupie, reprit tout-à-coup l'ascendant impérieux qu'elle avait eu autrefois sur son cœur.

(2) Inutiles efforts !... mes prières, mes pleurs...

C'est en vain qu'Héloïse fit tous ses efforts pour oublier

son amant; en vain s'imposa-t-elle les plus rigoureux sacrifices, les plus austères pénitences : rien dans les horreurs du cloître ne bannit jamais de sa pensée le souvenir d'Abeilard, alors son époux; jeûnes, prières, larmes, rien ne put dompter sa malheureuse passion, et les combats de la nature l'emportèrent toujours dans son cœur sur ceux de la grâce.

(3) Ecris-moi, cependant, Abeilard... je le veux.

Héloïse, en se retirant au Paraclet, et Abeilard, en se séparant d'elle, pour retourner à son abbaye de St-Gildas-de-Ruys, dans le diocèse de Vannes, dont le duc de Bretagne l'avait nommé Supérieur, s'étaient bien promis de ne jamais s'écrire, afin de ne pas rendre leur pénitence infructueuse : ce fut en vain; Héloïse rompit la première des engagements si peu en harmonie avec son cœur; elle écrivit à son amant dans les termes les plus tendres, les plus voluptueux, et Abeilard lui répondit avec l'accent d'une passion qui, loin de s'éteindre dans les austérités du monastère, semblait chaque jour acquérir sur lui plus de force et plus d'empire.

(4) Tu sais, mon Abeilard, avec quelle candeur...

Personne n'ignore que le chanoine Fulbert, oncle d'Héloïse, frappé de la profonde érudition d'Abeilard, et voulant cultiver les heureuses dispositions de sa nièce qui, à peine âgée de dix-huit ans, possédait, outre sa langue maternelle, le latin, le grec et l'hébreu, prit en pension chez lui ce célèbre professeur, et lui donna un logement dans sa maison. Il alla même jusqu'à lui permettre d'entretenir sa jeune élève le jour et la nuit, et d'user envers elle de cette correction si long-temps en usage dans les écoles, s'il la trouvait peu attentive ou indocile à ses leçons.

(5) Pouvais-je résister au poison séducteur?...

Libres de se voir à toute heure, et dans les lieux les plus retirés, possédant l'un et l'autre tous les charmes faits pour séduire, Héloïse et Abeilard conçurent bientôt la plus violente passion, et se jurèrent un amour éternel.

« Ce n'était plus alors, dit Abeilard, (*in historiâ calamitatum,*) ce n'était plus des leçons de philosophie que je « donnais à Héloïse; nos entretiens roulaient plutôt sur l'amour « que sur des questions de Théologie: nous nous donnions plus « de baisers que nous n'expliquions d'axiômes; ma main pres« sait plus souvent celle d'Héloïse, qu'elle ne touchait à ses « livres, et c'est dans ces moments délicieux que nous goû« tions ensemble la souveraine félicité. »

« *Apertis itaquè libris, plura de amore quàm de lectione « verba se ingerebant; plura erant oscula quàm sententiæ; sæpiùs ad sinus quàm ad libros deducebantur manus, etc.* »

Fulbert ne tarda pas à s'apercevoir qu'il avait poussé trop loin la complaisance; il apprit par des chansons ce qui se passait entre sa nièce et son professeur, et il ne douta plus de la tendresse d'Héloïse pour cet homme célèbre.

Dans ces conjonctures, afin de prévenir les suites d'un amour encouragé, pour ainsi dire, par son peu de surveillance, Fulbert chassa Abeilard de chez lui, et fit partir sur-le-champ sa nièce pour Corbeil.

Mais Héloïse, toujours plus attachée à son amant, lui écrivit pour l'informer du lieu de sa captivité; Abeilard y vola, y retrouva ce qu'il avait de plus cher : et là, ils continuèrent à se prodiguer les marques de la plus vive tendresse, de la plus voluptueuse affection.

Cependant, Héloïse s'aperçut qu'elle portait dans son sein un gage irrécusable de son amour et de sa faiblesse ; elle en fit part à son amant, qui l'enleva pendant la nuit, et la conduisit en Bretagne, chez une de ses sœurs qui avait consenti à la recevoir.

C'est là qu'Héloïse mit au monde un fils beau comme le jour, mais qui ne vécut que quelques années. Il avait été nommé *Astrolabe*, c'est-à-dire, *astre brillant.*

(6) Je ne vois que la nuit où ton sang fut versé...

Le chanoine Fulbert, instruit de la prompte disparition d'Héloïse, devint furieux, et jura qu'il tirerait d'Abeilard une vengeance éclatante.

Ce dernier était revenu à Paris, avait vu Fulbert, et par son éloquence persuasive était parvenu à désarmer sa colère. Abeilard lui ayant demandé la main d'Héloïse, le chanoine la lui avait accordée, et le mariage s'était fait secrètement, afin de ne point enlever à son neveu son canonicat et ses écoliers.

Mais cette réparation solennelle ne satisfit point complétement Fulbert, et ne put le détourner de l'horrible vengeance qu'il méditait depuis long-temps.

Il corrompit, à force d'or, le domestique d'Abeilard; ce serviteur infidèle lui promit de lui ouvrir les portes, quand il se présenterait, et de lui livrer son maître pendant la nuit. A l'heure convenue, Fulbert et cinq assassins, tous membres de sa famille, se transportèrent au logement d'Abeilard qu'ils surprirent dans son premier sommeil. Quatre de ces scélérats s'emparèrent de lui, pour le contenir : et le cinquième, armé d'un rasoir, lui fit l'outrage le plus humiliant, le plus sensible qu'il pût recevoir, puisqu'il ne lui laissa de l'homme que le nom.

Il est à regretter que les lois de ce temps-là n'aient point institué la peine de mort contre les auteurs d'un tel crime; Fulbert, convaincu de cet attentat jusqu'alors inouï, fut puni par la perte de ses bénéfices, et par la confiscation de ses biens au profit de l'Eglise, et deux de ses complices subirent la peine du talion. Il est probable que trois de ces monstres prirent la fuite, et ne reparurent plus, puisque leur punition n'est point mentionnée dans l'histoire.

Il serait impossible de donner une juste idée de la douleur d'Héloïse, lorsqu'elle apprit cette affreuse nouvelle ; le genre de supplice que subit son malheureux époux, lui porta un coup terrible, et elle ne s'en consola jamais.

(7) Rappelle-toi ce jour terrible et solennel...

Après avoir enduré un aussi cruel outrage, Abeilard devint à charge à lui-même, et n'osa presque plus se montrer en public ; aussi, résolut-il d'ensevelir son désespoir et sa honte dans l'obscurité d'un cloître. Il fit part à son épouse du projet qu'il méditait, et l'engagea à suivre son exemple.

Héloïse n'avait alors que 22 ans, et il lui en coûtait beaucoup de se séparer pour toujours de celui qu'elle chérissait plus que sa vie ; mais cette femme admirable qui se regarda constamment comme la cause de tous les malheurs arrivés à son illustre époux, crut n'en pouvoir jamais faire une assez rigoureuse pénitence : et, pour lui plaire, elle consentit à se faire Religieuse.

(8) Je prononçais sans toi, volontaire victime...

Soit par excès de jalousie, soit par excès d'amour, Abeilard engagea avec les plus vives instances Héloïse à faire profession avant lui. Modèle de tendresse conjugale, elle aimait trop son époux pour ne pas se rendre sans balancer à ses desirs : et, renonçant la première au monde, elle prit le voile au monastère d'Argenteuil. Quelques jours après, Abeilard se retira chez les moines de St-Denis, et se fit également Religieux.

En prononçant ses vœux, l'intéressante Héloïse baignait de pleurs le dernier billet qu'elle avait reçu d'Abeilard, et dans lequel il lui jurait un éternel amour :

« *Je portais, disait-elle, en allant au sanctuaire, le cœur* « *de mon amant et le mien ; et mon sacrifice immolait l'un et* « *l'autre.* »

« *Ad altare pectus Abelardi et Heloïssæ afferebam : unoque* « *sacrificio Abelardus et Heloïssa simùl immolabantur.* »

(9) Ton troupeau qui t'attend, ne veux-tu pas le voir?

Abeilard était alors au monastère de St-Denis où il avait prononcé ses vœux, et où il continuait à donner des leçons de Philosophie et de Morale. Mais la tranquillité dont il y jouissait, ne fut pas de longue durée, un traité de Théologie qu'il composa dans sa retraite, lui ayant attiré un grand nombre d'ennemis, entre autres St-Bernard, canonisé depuis par le pape Alexandre III.

Ce nouvel ouvrage d'Abeilard fut condamné au feu : et lui-même, obligé de prendre la fuite, se retira dans un lieu désert et entouré de ruines, où il fit construire l'Oratoire qu'il nomma Paraclet, et qu'il dédia au St-Esprit.

Appelé peu d'années après, comme Supérieur, à l'Abbaye de St-Gildas-de-Ruys, en Bretagne, il offrit le Paraclet, avec toutes ses dépendances, à Héloïse qui s'y retira avec plusieurs religieuses et quelques jeunes personnes de condition qui dans la suite prirent le voile. Héloïse leur donna constamment l'exemple de la piété la plus vraie, la plus profonde, et ses leçons ne furent point perdues.

Mais les soins qu'elle prodiguait à ses sœurs, ne pouvaient la distraire entièrement du souvenir de son époux ; et, sans cesse poursuivie par cette image adorée qui lui échappait toujours, elle invita, au nom des Religieuses de sa communauté, Abeilard à venir les diriger lui-même dans la voie du salut, espérant par-là qu'il se rendrait sans hésiter à ses desirs, plutôt que si elle l'y engageait au nom de son amour pour lui.

(10)

« Donne-leur un bonheur, pur, immortel comme eux !!! »

Héloïse eut toujours le pressentiment de l'immortalité d'Abeilard et de la sienne ; aussi, revient-elle souvent sur cette douce idée qui semble la consoler de tous ses malheurs, et que plus de six siècles ont jusques à présent complétement justifiée.

Certes, si leur sublime érudition, si leur profond savoir, ne donnaient déjà à Héloïse et à son époux des droits incontestables à l'admiration et aux hommages de la postérité : leurs infortunes, leurs amours, ces combats si fréquents et si terribles de la nature et de la Grâce, qu'ils eurent à soutenir dans leur retraite, devraient suffire pour perpétuer leur mémoire dans toutes les ames généreuses et dans tous les cœurs sensibles.

BIBLIOTHÈQUE ROYALE
I

222

www.ingramcontent.com/pod-product-compliance
Ingram Content Group UK Ltd.
Pitfield, Milton Keynes, MK11 3LW, UK
UKHW021000220726
13924UKWH00002B/807